나의 아픔은 솔직하다

이재현 에세이

나의 아픔은 솔직하다

발　행 | 2023년 01월 11일
저　자 | 이재현 라바튜브
펴낸이 | 한건희
펴낸곳 | 주식회사 부크크
출판사등록 | 2014.07.15.(제2014-16호)
주　소 | 서울특별시 금천구 가산디지털1로 119 SK트윈타워 A동 305호
전　화 | 1670-8316
이메일 | info@bookk.co.kr

ISBN | 979-11-410-1128-4

www.bookk.co.kr

목차

이
재
현

2005년, 봄에 태어났다. 이름 탓인지, 우연 탓인지, 아니면 따뜻한 봄을 지내라는 뜻에서인지 오렌지색 무언가를 자주 선물 받았다. 그렇게 크면서 나는 자연스럽게 오렌지 색을 좋아하게 되었고, 지금 까지 쭉 오렌지 색을 좋아하고 있다. '바쁘다 바빠'라는 말은 이 시대에 살아가고 있는 현대인들에게 너무 잘 맞아떨어지는 말인 것 같다. 나도 이 말에 참 동감한다. 왜냐하면 나는 정말 바쁘게 살아가고 있으니깐.

하지만 그럼에도 나에겐 아픔이 찾아왔다. '버티면 괜찮아진다.'는 말로는 버틸 수 없는 것들이었다. '아프니까 청춘이다'라는 말은 어쩌면 기만이 아닐까? 이 말이 부정적으로 사용되자 또 누군가는 '아프면 환자'라고 말했다. 그런데 나는 그 말도 별로였다. 내가 겪는 아픔을 너무 단순화 시킨다고 생각했다. 다리가 부러진 사람과 우울증을 앓는 사람을 보는 시선이 너무나 다른 현실에선 의미 없는 위로였다. 우울증을 앓는다고 고백하면 되게 어설픈 동정을 하는 부류와 편견을 쌓는 부류로 나뉜다. 네 명 중 한 명의 청소년이 우울증을 앓는 현실에서 이건 좀 너무하지 않나.

당장 나만 하더라도 적절한 치료를 받기까지 오랜 시간이 걸렸다. 그로 인해, 우울증이 있다는 사실마저 숨겨야 했다. 주위에 비슷한 사례가 널렸는데도 '아프니까 청춘이다.'라는 말과 '어른이 되면 괜찮아질 거야'라는 말만 들었다. 말뿐인 위로를 받다 보면 더 우울해진다는 것을 알기나 할까? 실컷 아프게 만든 게 누군데...

나는 아픔을 겪은 후, 거의 일 년 만에 정신과 치료를 받았다. 진료를 보고 나서 며칠 후, 병명이 나왔다. 당연히 내가 예상했던 것인 '조울증'과 '외상 후 스트레스 장애'인 'PTSD'. 나는 그렇게 치료를 받기 시작한 날로부터 상담도 같이 받기 시작했고, 그것이 중학교 3학년 때 효과를 보아 바로 생글생글 기자단이라는 곳에 지원을 하여 2020년 07월에 합격을 하고 그 이후부터 꾸준히 여러 가지 대외활동들을 하고 있다.

이렇게 열심히 활동하고 있지만 나에게도 아픔이 있기 때문에 나와 비슷한 경험을 가진 청소년 여러분들을 위해 아픈 사람들을 돕는 길을 선택했다.

프롤로그

이 책을 쓰기까지 정말 오랜 시간이 걸렸다. 하지만 나는 그럼에도 내 아픔을 밝혀야겠다고 생각했다. 왜냐하면 이렇게라도 털어놔야지 내 마음이 편해질 것만 같기 때문이었다. 또한, 이 아픔을 밝히려고 결정을 내릴 때까지도 시간이 정말 오래 걸렸다. 하지만 중학교 2학년 때부터 받기 시작한 상담 때문이었을까. 중학교 3학년 때, 처음으로 용기가 나기 시작했다. 그렇지만 아직까지는 불안했다.

괜히 밝혔다가 비아냥만 받을 것 같기 때문이었다. 상담 선생님께 여쭤봤더니 내 결정에 힘을 북돋아 주셨다. 그래서 나는 밝히기로 마음을 먹었고, 어떻게 밝힐까 생각하다 고등학교 2학년 때 들어간 멘탈헬스코리아에서 피어스페셜리스트팀이 자신의 아픔으로 책을 썼다는 이야기를 듣고 아, 나도 책으로 밝혀야겠다고 생각했다. 그렇게 나는 고등학교 2학년 중반 때부터 글을 열심히 쓰기 시작했고, 현재까지도 계속 글을 쓰고 있다. 비록 어설플지라도 귀엽게 봐주셨으면 한다. 난 아직 초보 저자니깐.

정신과를 다니게 된 계기

청소년이 정신과 진료를 받으려면 보호자 동의가 있어야 수월해진다. * 그렇지만 나는 아픔을 겪은 후, 나 혼자서 정신과를 운운하기 시작했고 그러다가 엄마한테 들켜 중학교 2학년 때부터 마포 공덕 쪽에 있는 한 정신과에 가게 되었다.

그렇지만 나는 이 모든 과정이 수월했던 건 아니었다. 왜냐하면 내가 아픔을 겪었을 당시, 나의 부모님은 정신과에 대한 인식이 부정적이었기 때문이었다. 그렇기에 나는 아픔을 겪은 후, 나 혼자서 동네 정신과를 알아보고 들락날락하였다.

*청소년의 특성상 환자에 대해 잘 아는 보호자가 내원하여 환자의 정보를 제공받고, 청소년에게 큰 영향을 끼치는 가정환경에 대한 정보를 얻기 위해서라고 알고 있다. 미성년자 혼자 진료를 받고 처방전을 얻었다고 해서 위반한 것은 아니나, '진료 계약' 자체가 법률 행위라고 볼 수 있기 때문에 미성년자와 계약하는 상대방(의사)은 법적 대리인인 부모의 동의를 요구할 수 있다. 개인병원 중 부모의 동의 없이 청소년 진료를 진행하는 정신건강의학과도 있으나, 대게 부모 동의를 요구한다.

그렇게 들락날락 한지 얼마나 지났을까. 그 사이 나는 중학교 2학년이 되었다. 하지만 중학교 2학년 생활도 만만치가 않았다. 왜냐하면 중학교 2학년에 올라와서도 나를 괴롭히는 애들은 여전히 있었기 때문이다. 그래도 나는 열심히 버티면서 지내보려고 했으나, 내 마음이 그게 안되었나 보다. 나는 그 새를 못 참고 팔에 자해를 했다. 그것도 아주 심하게. 그렇게 그은 후, 얼마나 지났을까. 엄마가 그것을 발견을 하여 나를 꾸짖었다.

그리고 난 후, 엄마는 사태가 심각하다고 느꼈는지 바로 학교폭력 대책 심의 위원회를 열자고 하였다. 그래서 나는 동의를 하였고, 학교 담당 경찰관님께 연락을 하여 사건이 일어난 지 좀 지났는데 학폭위를 열 수 있냐고 여쭤봤더니, 충분히 진행 가능하다고 하셨다. 엄마는 그 즉시 바로 학교전담경찰관에게 신고를 하였고, 나는 그로 인해 생활지도부실을 왔다 갔다 하게 되었다. 그 후, 나한테 생활지도부 선생님이 오셔서 몇 월 며칠날 어디에서 학교폭력 대책 심의 위원회가 열리니, 참석을 하라고 안내를 해주셨다.

그렇게 또 며칠의 시간이 지난 후, 학교폭력 대책 심의 위원회의 결과가 나왔다. 바로 봉투를 열어서 확인을 해봤는데, 실망하였다. 왜냐하면 사건에 비해서 너무 가벼운 처벌이 내려졌기 때문이다.

그렇지만 어쩔 수가 없었고, 나는 이 일이 있고 난 후부터 정신과를 다니게 되었다. 나는 솔직히 내가 정신과를 다닌다는 것을 밝히고 싶었지만 사회적인 인식 때문에 밝히지 못하였다. 그로 인해서 나는 항상 밝은 모습만 보여주려고 애를 썼었다. 하지만 그 결과는 좋지가 않았다. 나는 더욱더 심한 우울증을 앓게 되었고, 숨을 크게 들이쉬어도 텅 비어있는 것 같은 공허함과 동시에 느껴지는 답답함을 느꼈다. 사람들은 나의 슬픈 모습을 좀처럼 보지 못한다. 사실은 내가 보지 못하게 했다.

가면을 쓰기 시작한 것이다. 그리고 내 감정을 읽을 수 없도록 하기 위해 가면은 점점 두꺼워졌다. 힘들어도 아닌 척하며 남을 위로하기 바빴고, 내 감정은 잘

다스리는 척하며 살았다. 돌이켜보면 처음 감정을 숨긴 것은 내가 아픔을 겪고 나서부터였다. 아픔을 겪고 난 후, 나는 자연스럽게 감정을 숨기게 되었고, 그 감정들은 마음속에서 곪고 곪아서 결국에는 마음 한편에 큰 덩어리로 남게 되었다. 과거의 아픔을 겪은 나를 지금의 내가 만날 수 있다면 해주고 싶은 말이 있다.

네가 아픔을 겪었지만 그래도 그거 가지고 인생이 끝나지 않는다고, 지금 나는 이렇게 잘 살고 있고, 그때보다도 나은 생활을 하고 있다고. 우리 모두 마지막에는 이길 수 있다.

폭력은 사소하게 시작된다

유능한 상담의 첫 번째 역량은 바로 첫 회기 때의 구조화 능력이다. 내가 보았던 대부분의 탁월한 상담사들은 첫 회기부터 내 이야기를 생생하게 경청하면서 나를 조직적으로 아주 잘 파악했다.

두 번째는 뛰어난 현실감각과 통찰력이다. ([굿 윌 헌팅]의 숀 교수). 어떤 상담사들이 들어주기식 상담밖에 할 수 없는 이유는 거기서 더 나아갈 어떠한 경험도 혜안도 없기 때문이다.

세 번째는 모든 비밀을 털어놓을 만한 사람인지 살피는 것이다. 아이러니하게도 자신의 가장 내밀한 문제를 상담사에게 끝까지 비밀로 하는 경우가 있다.

네 번째로는 상담사가 별도로 슈퍼비전이나 개인 상담을 받고 있는지 체크하는 것이다. '자신을 돌보지 않는 상담사를 만나는 것은 하나님과 관계없는 사제를 찾는 것과 같다.'라는 말이 있다. 상담사에게 가장 최근에 상담을 언제 받았는지 물어보자.

나를 만나는 대부분의 사람은 나를 외향적이고 활동적인 사람으로 판단한다. 내가 워낙에 활동들을 많이 하다 보니 생긴 오해인 것 같다. 그렇다 보니 사람들은 나의 슬픈 모습을 좀처럼 보지 못한다.

아니, 사실은 내가 보지 못하게 했다. 가면을 쓰기 시작한 것이다. 그렇게 나의 가면은 점점 두꺼워져만 갔다. 내가 무언가 상당히 잘못 돌아가고 있다고 느낀 것은 내가 중학교 1학년 1학기 초 때, 나랑 친한 친구에게 학교에 나에 대한 이상한 소문이 돌고 있다고 들으면서부터다.

나는 처음에 거짓말이겠지 했지만 그것은 큰 오산이었다. 실제로 학교 전체에 나에 대한 소문이 퍼지고 있었다. 그 순간, 나는 극도로 두려움과 불안함이 밀려왔다. 이렇듯 나의 우울은 그 아무도 상상하지 못했다.

하지만 나는 늘 이래왔듯이 그냥 아무런 상관없이 지내왔다. 그렇게 나의 우울은 점점 더 심해져 갔다.
우울은 헤엄치는 법을 모른 채 바닷속에 빠진 것과 같아서 발버둥 칠수록 더 깊게 빠진다. 그렇게 극심한 외로움에 허우적대며 스스로 외딴섬이라는 생각을 했을 때, 친구가 문자를 보냈다. 내가 너의 삶을 바다라고 표현하는 것은 온갖 문제가 항상 파도처럼 밀려오기 때문이야. 너는 잔잔한 호수로 살고 싶겠지만,

호수는 바다만큼 많은 생명을 품을 수 없잖아. 넌 수많은 사랑을 품은, 사람과 사람을 이어주는 배가 탁 트인 바다야. 당신도 어쩌면 홀로 외딴섬이 아니라, 하나의 커다란 바다일지 모른다.

상처가 무기력해지다

상처는 무기력을 만들기도 하지만 때로는 오기가 된다. 나 역시 그 상처를 계기로 죽을 만큼 공부할 수 있었다. 삶의 밑바닥을 보고 난 뒤에 나는 평생 함께할 친구도 만났고, 진정으로 하고 싶은 일이 무엇인지 깨달았다.

바로 '항공기 조종사'가 되는 것이다. 상처가 내게 날개를 달아주었다. 꼭 공부를 하는 것이 아니더라도 거울을 보며 스스로 칭찬하기, 감사 일기 적기 등 형식적인 노력을 하다 보면 조금씩 바뀌는 자신을 볼 수 있다.

그러다 보면 언젠가 성공한 자신을 발견하고 기뻐하게 될 것이다. 당신의 성공을 응원하는 한 사람이 여기에 있다. 이제 정신건강 문제는 4분의 1이 아닌 '누구나'의 문제가 되었다. 한편으로 다행인 것은 더 이상 우울하고 불안한 것이 나만이 겪는 특별하고 이상한 문제가 아니라는 점이다. 우울한 것이 별로 이상하지 않는 시대.

"잘 지내지?"란 안부 인사보다 "요즘 마음은 괜찮아? 어때?"란 안부 인사가 오히려 더 자연스러운 요즘, 가장 가까운 가족에게조차 한 번도 묻지 않았던 그 질문을... 나는 가만히 생각해보면 지금까지 부모한테 감정 표현을 해본 적이 없었던 것 같다. 우리 엄마와 아빠가 보수적인 건 아니지만 그래도 나는 어쩌다 보니 감정 자체를 숨기면서 자랐고, 중학교 1학년 때 끔찍한 아픔을 겪으면서 더욱더 감정을 숨기게 된 것 같다.

이렇듯 청소년들은 자신의 감정을 숨기면서 자란다. 하지만 그렇다고 모든 청소년들이 그런다는 것은 아니다. 물론 예외가 있긴 하겠지만... 그래도 내가 지금까지 18년이라는 짧은 인생을 살아오면서 내 주변을 봐온 결과, 내 또래 애들은 자기 자신의 감정을 다 숨기면서 자랐다. 우리는 자기 자신의 아픔들과 감정들을 표현하면은 "재 정신병자 아니야?",

"쟤 왜 저래?", "야, 쟤 또 컨셉 잡는다."라는 말들만 한다. 이렇듯 우리 청소년들은 이런 말들을 듣지 않기 위해 자기 자신의 감정들과 아픔들을 숨기려고 애쓴다. 그러다 보니 어느새 자신의 마음에 아픔들과 감정들이 뭉쳐 덩어리가 져 있는 것을 모르게 된다.

이 덩어리들이 점점 커져 나중에는 펑 하고 터지는 날이 오면 이때는 진짜 참을 수 없다는 듯 자기도 모르게 표출을 하게 된다. 이렇게 덩어리들이 터지기 직전에 주변인들이 알아차리면은 그래도 어느 정도는 가라앉게 된다. 그렇지만 모든 청소년들, 모든 부모들, 주변인들은 그 아픔들을 알아차리지 못한다.

아마 당사자들이 완전 꽁꽁 숨겨 마음 한구석에 못 박아놨기 때문일지도 모른다. 이 못을 뽑아내고 풀어놓을 수 있도록 하는 사람은 오직 정신과 의사나 상담사들밖에 없지 않을까 싶다. 하지만 사람 바이 사람이라는 말이 있듯이, 모든 상담사들이 그렇지는 못할 것이다. 어떤 상담사는 풀어놓을 수 있도록 하는 것이 아니라 오히려 더 못을 박아놓을 수도 있다.

이렇듯 정신과 진료를 볼 때는 인터넷에 알아보고 가는 것보다 자기 자신한테 맞는 의사와 상담사를 여러 군데

다니면서 찾아가도록 하는 것이 제일 도움이 된다. 그렇지만 비용적으로 문제가 되기 때문에 이러는 건 쉽지 않을 거라는 거 너무나 잘 안다.

이럴 때는 정부에서 시행하는 여러 가지 지원 프로그램들을 살펴본 후, 신청을 하여 지원을 받을 수 있도록 하면 좋을 것 같다. 이런 정보들은 비영리 단체인 멘탈헬스코리아의 블로그를 참고하면 된다.

나는 중학교 1학년 때 이런 정보들을 전혀 몰랐다. 왜 지금 와서 이런 정보들을 얻을 수 있게 되었는지 의문이지만, 그래도 지금이라도 얻을 수 있게 되었으니 그나마 다행이지 않나 싶기도 하다.

폭력이 자라는 순간

폭력의 가장 큰 문제는 이것이 폭력인지 아닌지 쉽게 판단하기 어렵다는 것이다. 특히 은따의 경우 대게 자기 자신도 모르는 사이에 발생하기에 폭력인지 아닌지 구분하지를 못한다.

나는 어떻게 보면은 초등학교 3학년 때부터 은따를 당해온 것이 아닐까 싶다.
왜냐하면 나는 초등학교 3학년 때부터 괴롭힘을 당해왔기 때문이다.

하지만 나는 친구들이 나를 괴롭힌다고 느끼지 못했다.

그러다 어찌저찌해서 내가 뉴질랜드를 가기 전인 초등학교 5학년 초, 나랑 친한 친구가 나한테 말을 했다. 너에 대한 이상한 소문이 돌고 있고, 그것 때문에 내가 괴롭힘을 당하고 있는 것 같다고.

하지만 나는 그렇게 크게 신경을 안 썼다. 그렇지만 마음속으로 엄청 신경을 쓰고 있기도 했다. 나는 그렇게 나를 괴롭히고 나에 대한 이상한 소문의 발생의 근원지를 찾지도 못한 채 뉴질랜드로 가야만 했다.

뉴질랜드에 도착한 후, 바로 다음 날부터 학교를 가기 시작하였는데 여기에서도 처음에는 잘 적응을 해서 친구들도 사귀고 친구들과 놀기도 하면서 잘 지냈다. 하지만 나는 언제 어디서든 괴롭힘의 대상이 되나 보다.

여기에서도 얼마 지나지 않아 우리 반의 어떤 학생이 나에게 피해를 준 것이다. 말로 “Fxxx xxu”라고 함녀서 내 손바닥에 연필을 냅다 꽂아버렸기 때문이다.

그래서 나는 수업이 시작되자마자 선생님한테 가해 학생이 말했던 것과 행동으로 했던 것들을 말하였고, 그

말을 들은 선생님은 그 즉시 가해 학생을 교무실로 보냈다.

그러고 나서 나는 보건실에 가서 연필심을 빼고 지혈을 한 후, 반창고와 드레싱을 하였다. 그러고 나서 나는 그 가해 학생한테 사과를 받았고, 나는 용서를 해주었다. 이것 말고도 뉴질랜드에서 일어난 나의 아픔의 이야기는 많지만 이만 마치도록 하겠다.

뉴질랜드에서 돌아오고 나서

이렇게 뉴질랜드에서의 다사다난한 9개월을 보내고 나는 한국으로 돌아왔다. 돌아오고 나서 얼마 안 있다가 바로 6학년이 되었고, 새 학년 새 학기의 설렘은 항상 있었다는 듯이 너무 기쁘고 내가 벌써 6학년이라는 게 믿기지가 않았다.

하지만 나는 가양동에서의 6학년은 3월 한 달만 보내고 바로 이사를 가버렸다. 이사를 오고 난 후, 다음 날 나는

노원구에 있는 중평 초등학교로 전학을 갔다. 나는 이미
전학을 4번이나 다닌 샘이 돼버렸기 때문에 이제 전학을
가서 자기소개를 하는 것은 익숙해졌다.

그래서인지 나는 전혀 떨지 않고도 자기소개를 잘
마쳤고, 그렇게 학교생활을 이어나가게 되었다.
중평초등학교에서의 학교생활은 그래도 그나마 나았다.
왜냐하면 초등학교 졸업을 얼마 안 남기고 간
거였으니깐 말이다. 그렇게 어찌 저찌 6학년의 남은
학교생활을 중평초등학교에서 보내고 나는 중평
초등학교에서 졸업을 하게 되었다. 졸업을 하기 전에
이미 중학교 배정은 다 마친 상태였고, 나는 이때
하계중학교로 배정이 되었다.

이때까지만 해도 몰랐다. 내가 이렇게나 큰 아픔을 겪게
될 줄은…

"재현아, 오늘은 학교 가지 마라"
중학교 1학년 어느 날, 엄마가 나한테 했던 말이다.
그래서 나는 "왜?"라고 말했다. 그랬더니 엄마는
"아빠가 가지 말라고 했어"라고 말했다. 그렇게 나는
엄마와 아빠의 의견을 듣고 학교를 안 가게 되었다.
하지만 무단결석은 할 수 없었기에 엄마가

담임선생님한테 전화해서 선생님에게 “병원을 가봤는데 병원에서 학교를 가지 말라고 했어요.”라고 말했다. 그래서 나는 선생님의 동의를 얻고 나는 학교를 안 가게 되었다. 이렇게 학교를 안 가게 된 건 다 나의 아픔 때문이었다. 하지만 나는 이날만 안 가고 다음날부터는 정상 등교를 하였다.

폭력이 시작되다

나는 그렇게 해서 거의 모든 사람을 증오하기 시작했다. 가장 처음 나를 불행하게 만든 사람부터 내게 스트레스를 주는 사람들까지. 어른들은 항상 누군가를 미워하면 안 되는 거라고 말했다. 사람은 누구나 실수하니 이해하고, 받아들이려고 노력해야 한다고. 나는 그 사실을 너무나도 잘 알고 있었다. 나 또한 실수하니까.

하지만 유독 용서되지 않는 사람들이 있다. 나를 괴롭혔던 가해자들과 그거를 지켜보기만 했던 반 친구들이다. 대부분의 학생들은 반 친구들이랑 잘 어울리겠지만 나는 그러지 못하였다.

어느 순간, 나는 반 전체에서 따를 당하기 시작하였고, 그 강도는 점점 더 심해져만 갔다. 그렇게 애들이 나를 계속 괴롭히고 따 시키고 무시하고 그러던 와중 결국엔 큰 사건이 하나 터져버렸다. 바로 카톡 단체 대화방 안에서 말이다.

처음 당하기 시작했던 건 2018년 6월 13일, 내가 그 당시에 자전거를 타고 노원청소년수련관에 갔다. 그 근처에서 나는 자전거를 타고 놀고 있었고, 그러다가 "카톡" 소리에 나는 핸드폰을 꺼내서 봤다. 하지만 이때 보지 말았어야 했다.

그걸 본 나는 그 순간, 그 자리에서 충격에 움직이지를 못하였다. 그러다가 몇 분 뒤에 나는 정신을 차리고 다시 한번 보았다. 순간 내가 잘못 본 줄 알고. 하지만 제대로 봤다.

대화창에 쓰여있었던 건 "야, 내가 페북에서 보다가

신기한 걸 발견했는데, 이재현 페북 한다?"였다. 나는 이때 당시 처음으로 페북을 깔아서 활동을 하고 있었긴 했다. 그래서 나는 아무 의심 없이 "어 나 하는데 왜?"라고 채팅을 쳤다.

하지만 이건 나에게 큰 타격을 줬다. 이 대화 이후, 입에 담을 수도 없는 욕설과 비난이 시작되었기 때문이다. 이해할 수 없다는 거 안다. 하지만 단지 페북을 시작한다는 이유로 욕설을 퍼부었다.

그렇게 나는 한순간에 카톡 왕따와 카톡 감옥을 경험하게 되었다. 카톡 왕따는 일명 "카따"라고도 불린다. 하지만 나는 형이 외국에서 돌아오기 전까지 이게 사이버 폭력이라는 것을 몰랐다. 이때 당시에는 사이버 폭력이라는 단어가 대중화가 안 되어있었기 때문이다.

그렇게 나는 6월 13일부터 총 13일이라는 짧다면 짧은 시간 동안 사이버 폭력을 당했다. 학교에서도 반 전체에서 왕따를 당하였고, 나는 급속도로 어두워져 갔다. 하지만 나는 엄마와 아빠한테 이런 모습을 보여주기 싫었고, 걱정할까 봐 애써 괜찮은 척 밝게 웃었다.

형이 뉴질랜드에서 돌아오다

그렇게 얼마의 시간이 지났을까. 형이 워킹홀리데이를 마치고 뉴질랜드에서 돌아오는 날이 되었다. 그래서 나는 엄마와 같이 형을 데리러 인천국제공항으로 갔고, 형을 데리고 집에 왔다. 집에 와서 뉴질랜드의 생활을 어땠는지 듣고 있던 와중에 형이 요새 나의 학교생활은 어떠냐고 물어봤다.

나는 괜찮다고 말하였지만 형은 나한테 무슨 일이 있냐고 꼬치꼬치 캐물어서 어쩔 수 없이 말하였다. 학급 단체 톡 방에서 왕따를 당하고 있다고.

그러자 형은 엄청 화가 나서 나한테 그 피해 사실을 말해줄 수 있냐고 물어봤다. 그래서 나는 알겠다고 했고, 형아는 핸드폰에 있는 녹음기를 틀어 내 앞으로 가져왔다. 나는 내가 그동안 당했던 피해 내용들을 다 말하였고 형은 그걸 녹음했다. 녹음을 한 후, 형은 내 카톡 대화방 화면을 캡처를 하고 녹음파일과 함께 담임선생님께 보내드렸다.

그렇게 해서 학교에서는 사안 접수가 되었고, 나는 생활지도부에 가서 경위서에 피해 사실을 육하원칙에 의해서 적었으며, 가해자인 애들 10명도 와서 경위서를 적었다.

그 후, 나는 학교에서 위클래스에 상담을 잡아주어 상담을 하기 시작하였다. 그러다가 생활지도부에서 공개사과가 진행된다고 알려주었고, 나는 그날 학교를 다 마친 후, 생활지도부실에 가서 기다렸다.

한 5분 정도 기다리고 나서 공개사과가 생활지도부실에서 진행되었다. 거기엔 나와 엄마, 가해자 10명, 가해자 10명 학생들의 부모님들이 참석을 하였고, 가해자 10명은 나한테 다시는 안 그러겠다고 약속을 하였다.

그렇게 해서 나는 편안히 학교생활을 할 줄 알았지만 그것은 큰 오산이었다. 왜냐하면 공개사과 이후로 가해자 10명 중 1명이 보복을 시작했기 때문이다.

그래서 나는 엄마한테 바로 말하였고, 엄마는 대처방안을 생각해보던 중, 전학을 생각해서 그렇게 하기로 하였고, 나한테 한 달만 버티라고 하였다.

전학을 가게 되다

그래서 나는 한 달만 버티다가 이대부속중학교로 전학을 왔다. 이대부속중학교로 전학을 온 후, 친구들과 선생님들이 너무 착하셔서 잘 지낼 수 있었다.

나는 이대부속중학교로 1학년 2학기 초반 때 전학을 왔고, 오자마자 인기가 많았다고는 하지만 나는 별로 느끼지를 못하였다. 그러다가 나중에서야 알게 됐긴 했지만 말이다. 그렇게 나는 중학교 1학년 나머지 생활을 이대부속중학교에서 잘 마치고 2학년으로 올라가게 되었다.

나는 중학교 2학년으로 올라가고 나서도 잘 지낼 수 있을 거라고 생각하였지만, 그 기대는 얼마 못 갔다. 중학교 2학년 때도 괴롭힘을 당하였기 때문이다. 물론 중학교 1학년 때 당했던 것보다 약하긴 했지만 그래도 나는 이미 한번 피해를 겪었기 때문에 크게 다가왔다.

그래서 나는 어쩔 수 없이 손목에 자해를 했다. 자해를 하고 나서 나는 그걸 숨기기 위해 엄청 애썼지만, 결국 어느 날, 엄마한테 들켜버렸다. 엄마는 딱 내 팔을 보는 순간 정말 당황했다고 하였다. 하지만 나한테는 침착한 모습을 보여주려고 하였다고 했다.

암튼 그렇게 해서 엄마는 나한테 학교폭력 대책 심의 위원회를 열자고 하였고, 나는 그러자고 하였다. 그래서 일단 우리 학교전담경찰관님께 여쭤본 후, 아무리 사건이 좀 지났어도 열 수 있다고 하셔서 열었다.

이후에 이야기는 앞서 이야기 한 것과 똑같다. 학교폭력대책심의위원회를 마치고 난 후, 나는 결과를 기다려만 왔다. 하지만 막상 결과가 나오고 보니, 내가 기대했던 것만큼 처벌이 내려지진 않아서 많이 실망하였다.

그래도 가해자가 처벌을 받게 되어서 나는 기분이 좋았기도 했다. 그렇게 다사다난한 중학교 2학년 1학기가 지나갔다. 그리고 방학이 시작되었다.

방학 때 나는 마음 편안히 집에서 쉴 수 있었고, 가족들과 놀러 가기도 하였다. 집에서 편안히 먹고 놀고 자고를 반복하다 보니 어느새 개학날이 다가왔다. 그래서 그런지 몰라도 개학이 며칠 안 남은 날 나는 과호흡과 불안증세에 시달렸다. 그래도 학교를 가야 되긴 하니, 어쩔 수 없이 나는 계속 학교를 다녔다. 학폭위가 열린 후, 나는 상담과 진료를 받기 시작하였는데, 이때는 한참 내가 상담을 받고 있을 때였다.

비행의 시작

그래서 나는 상담 선생님께 학교를 다니면서 있는 고민들을 줄줄이 털어놓았고, 상담 선생님은 내 이야기를 경청하면서 들어주셨다. 다 들으시고 나서 나한테 하신 말씀은 “재현아 그렇게 힘들면 자퇴를 하는 것도 나쁘지 않은 방법이란다.”였다.

하지만 나는 이때 힘들어도 학교를 계속 다니고 싶었고, 아무리 자퇴를 한다고 해도 공부를 해야 되기 때문에 차라리 학교에서 공부를 하는 게 낫지라는 생각이 들어서 약간 고민했지만 안하게 되었다.

그렇게 또 다사다난한 2학기가 지나갔고, 이제 중학교 3학년 1학기 개학 전까지 방학이어서 그때까지 여행도 가고, 놀기도 하였다. 그리고 내가 중학교 2학년 2학기 말쯤, 지금 키우고 있는 강아지인 토리를 데리고 오기도 하였다.

그러면서 나의 상태는 점점 좋아지기 시작하였다.
하지만 10대에 발생한 트라우마는 40대, 혹은 더 오래 트라우마로 남는다고 하듯이 나한테는 평생 아물지 않는 상처로 남을 것 같다. 그래도 나는 이겨내기로 결심을 했다. 그래야지만 내가 편안히 숨을 쉬면서 살 수 있을 것 같았으니깐.

그렇게 하여 나는 중학교를 자퇴하지 않았고, 열심히 끝까지 달려 결국에는 아무 탈 없이 졸업을 할 수 있게 되었다. 막상 졸업을 하고 나니 속이 시원해졌다.
왜냐하면 이제 다시 새로운 시작이 펼쳐질 것 같기 때문이었다.

누구에게나 슬럼프는 찾아온다

원래 내가 대외활동들을 많이 잡아놔서 바쁜 편이긴 한데, 어째 학기 중보다 방학이 더 바쁠까? 진짜 지금까지 지내왔던 방학들 중에 제일 바빴다. 일정이 일주일에 5일 연속으로 잡혀있고, 어떤 주는 하루에 일정이 4~7개 정도 잡혀있고 그랬었다.

그래도 이 일정을 다 소화했고, 그러다 보니 어느새 2학기가 다가오고 있었다. 나는 또 새 학기 스트레스에 시달려야 했고, 나는 같은 반 친구들조차 나를 따돌리는 상황에서, 나는 죽음이 고통을 끝낼 수 있는 가장 좋은 방법이라 생각했다. 대교에서 투신하려고 했으나 결국 실패하였다.

그렇게 2학기를 맞이하게 되었고, 지금은 상황이 점점 더 심각해져 진짜 이러다가 투신할까 봐 두려웠다. 하지만 나는 언제든지 용기만 있다면 투신할 준비는 되어있는 상황이라서 걱정할 조차 없었다.

그래도 나는 상담 선생님과의 약속이 있기 때문에 안 하기로 마음을 굳게 먹으려고 했지만, 그건 그렇게 쉽게 해결되지 못하는 거였다. 나는 그렇게 지금까지 '1년만 더 버티면 되겠지'라는 생각으로 악으로 깡으로 버티면서 살고 있다.

꺼트려진 불씨

이렇게 악으로 깡으로 버티면서 살아온 지 어느덧 9년, 나는 이제 지칠 대로 지쳐있었고, 진짜 더 이상은 살 용기도, 죽을 용기도 없는 완전 혼이 나간 상태이었다. '진짜 정말 이게 맞는 걸까?' 싶을 정도로 삶이 너무 지옥 같고, 피폐해지고, 힘들어졌다.

이렇게 된 건 2018년 6월, 이때부터였을까? 나는 나를 지키기 위해 거짓말을 시작했다. 남들이 쉽게 건드리지 못하도록, 남들보다 뛰어나야만 한다고 생각했다.

그래서 유튜브를 시작했고, 꾸준히 하다 보니 조회수가 7천 회에 이르기도 하였다. 하지만 누구나 그렇듯, 나도 악플에 시달려야만 했다. 물론 관리자 권한으로 삭제해 지금의 내 유튜브 영상들에는 악플들이 없긴 하지만 말이다. 그래도 나는 일정 시간, 아니 일정 기간 동안 고통을 받아야 했다.

당시 난 죽을 용기가 없었지만 어떻게든 죽고 싶었다. 아무 일도 없었던 것처럼 학교에 다니는 학교폭력 가해자들과, 그때 일 이후 겉으로만 친한 척하는 친구들에게 죄책감을 주고 싶었다. 무엇보다 이 세상에서 버틸 자신이 없었고, 숨 쉬는 것조차 힘들 정도로 옥죄어왔다.

그렇게 난 유서 3장을 써놓고, 밖에 나가 대교 위에 올랐다. 그때 지나가는 시민분들의 만류로 나는 다시 살아갔다. 그러나 여전히 살고 싶다는 생각은 없었다. 자살을 시도한 후, 세상의 모든 빛이 사라졌다. 남은 건 또다시 매일을 버텨야 한다는 좌절감과 마음에 자리 잡은 어두컴컴한 아픔이었다.

아직도 이 일을 생각하면 손이 떨린다. 이것 역시 내가 책임져야 할 일이고, 안고 살아가야 하는 짐이라고 생각한다. 그 탓에 몇 가지 정신질환을 가졌지만.

그런데 의문이 들었다. 왜 아무런 잘못도 안한 나는 욕을 먹어야 했을까? 유튜브를 한다는 이유와 페이스북을 한다는 이유로 입에 담을 수도 없는 욕들을 들어야 했을까? 나는 공인이 아니었지만, 그 순간 악플에 시달리는 공인, 연예인들의 마음이 이해되었다.

한 가지 잘못을 저지르면 온갖 관련 없는 낭설과 루머, 언어폭력에 시달려야 하는 사람들이니까. 내 잘못이 내 잘못만으로 끝나지 않고, 내 주변 사람들의 책임이 되는 것이 고통스러웠다. 또 앞으로 사죄하고 반성하며 산다고 해도 계속 회자되리라 생각하니 두려웠다.

무거운 과거의 짐을 지고 대중 앞에 섰을 때, 이 짐을 들키기라도 한다면 또다시 많은 질책을 받아야 한다는 생각이 들자 끔찍했다.

그러나 나는 내 정신적 문제가 나 대문에 생겼다고 믿었기 때문에 누군가에게 쉽게 드러내지 못했다. 솔직히 누가 봐도 내 잘못인 것처럼 보였으니 도움의

손길을 요청하기가 참 힘들고 싫었다. 혼자 아파하고 또 아파했다. 그렇게 혼자서 이겨내기 위해 미련한 짓을 하다 보니, 갈수록 정신질환들이 심각해졌고, 한계에 닿았다. 정신질환은 나를 지옥 끝으로 내몰았다.

가면을 쓰다

중학교 2학년 시절, 학기 초 진행하는 검사에서 위험 관리 군으로 선정되었다. 나는 내심 도움을 받고 싶었기 때문에 오히려 기회가 찾아왔다고 생각했다.
결론은 아니었다. 학교에서 진행한 위클래스 상담은 내 기대에 미치지 못했다. 오히려 더 상처받았다.

당시 선생님이 바뀐지 얼마 안 되었던 때여서 그런지 몰라도 내 이야기를 털어놓는 동안 상담 선생님은 내내

공감하지 못하겠다는 표정으로 바라보더니, 이렇게 말했다.

"나는 그렇게 생각하지 않는데, 너는 그렇게 생각했다니 의문이구나."

상담에서 가장 중요한 것은 공감과 경청이라고 했는데, 이 말을 들은 나는 귀를 의심하면서도 내가 그만큼 이상한 사람이라고 생각했다. 거기서 그치지 않고, "너는 상태가 심각해서 학교 자체에서 외부 전문가들과 함께 회의를 해야 하니 부모님께 말씀드릴 거야"라며 일방적으로 통보했다.

학생의 정서보다 학교의 절차가 우선이었다. 부모님에게 절대 알리고 싶지 않았던 나는 울고불고 사정을 해도 안되자 포기하였다. 첫 번째 상담에서 끔찍한 경험을 한 후, 나는 거짓 답변으로 선생님을 속이기 시작했다. 다시 검사를 했을 때, 우울증 의심 결과가 나오지 않게 하기 위해서였다. 어느 순간 나는 가면을 쓰고 있었다. 학교에서 무슨 일이 있어도 아무 일 없다고 말했고, 힘들지만 힘들지 않다고 말했다.

겉으로는 누구보다 나를 위하는 척하면서 나를

혹사시켰다. 나는 나를 이렇게까지 혹사시키면서도 남들 눈에 띄지 않게 하기 위해 엄청 열심히 노력을 했다. 이것이 나를 괴롭히는 또 하나의 편견이 되는 줄도 모르고.

가면을 쓴 채 억지로 웃고, 억지로 모든 걸 해내고 있었지만, 정작 내 마음을 다치게 한다는 생각은 전혀 하지 못했다. 어쨌든 일의 마무리는 지어졌으니까. 하지만 그 속에 무수한 불면의 시간과 심적 부담감이 섞여 있다는 사실을 잊고 있었다.

감당하기 어려울 정도로 많은 상처가 생기고 나서야 가면 속에 숨겨진 아픔을 보았다. 뒤늦게 그 사실을 알아서 외부에 있는 정신과를 방문했다. 하지만 나는 정신과에서도 가면을 쓰고 이야기를 하였다. 워낙에 가면을 쓰고 지내는 게 익숙했으니까. 한편으로는 가면을 쓰지 않는 나 자신이 싫었고, 사람들 앞에 당당히 맨 얼굴로 서고 싶었다.

수 없이 도전했지만 가면은 그대로였다. 하지만 이제는 가면을 쓰고 있는 내가 싫지 않다. 가면을 쓰는 건 나쁜 것이 아니다. 내가 싫어하는 순간 나빠지는 것이다.

가면은 사람 사이의 적절한 거리를 유지해주고, 그 거리는 나를 지키는 데 꼭 필요하다. 요즘 시대에는 나처럼 가면을 쓰고 살아가는 게 익숙해진 사람들이 너무나 많지 않은가.

나는 저마다의 슬픔을 가지고 있는 사람들이 슬픔을 숨기려는 마음을 이해한다. 감정을 숨기는 것이 잘못된 게 아니라는 사실을 이제는 안다.

상처를 극복하기 위해 힘쓰다

지금 와서 생각해봐도 도대체 어떻게 혼자서 그 상황들을 버틴 것인지 신기하다. 지금도 많은 상처를 갖고 살지만 그렇다고 해서 약하거나 이상한 사람은 아니다. 이미 아픔을 겪었고, 흉터들만 남아 있는데, 이 흉터가 성장의 발판이 되었다고 생각한다.

지금의 나는 예전의 나보다 강해진 게 사실이니까.

그러는 와중 나는 예전에 유튜브를 보다가 우연히 멘탈헬스코리아 피어스쿨 이라는 프로그램을 알게 되었고, 모집하는 날을 기다리고 또 기다리다가 작년 5월쯤, 드디어 멘탈헬스코리아에서 피어스쿨 4기를 모집한다고 해서 지원을 하였다.

그곳을 알게 되고 신청하기까지 2년이라는 시간이 지났지만, 그래도 그 2년이라는 시간 동안 나의 아픔과 상처가 남에게 힘이 될 수 있다는 생각을 하지 못했는데, 도움이 될 수 있다니 기뻤다. 또 치부라고 생각했던 경험들이 나를 강하게 만들었다는 사실을 증명해내는 것이 새로웠다.

멘탈헬스코리아에 합격한 뒤, 약 한 달간 주말마다 온라인 화상회의 서비스인 zoom으로 실시간 만남을 하였고, 첫 만남 때, 다양한 사람들을 만날 수 있었다. 공통적으로 모두 아팠고, 힘들었던 사람이었고, 그래서 더 친해진 것 같았다.

처음 만남 때는 피어스페셜리스트 이전 기수들이 우리를 반갑게 맞이해주었다.

그래서인지 몰라도 나는 점점 시간이 지나면 지날수록 어색한 감정이 풀려갔다. 한 달의 시간이 지난 후, 나는 수료식을 통해 예비 피어스페셜리스트가 되었다. 그렇게 피어스페셜리스트가 된 후, 나는 일상생활을 이어갔다. 그러고 나서 학교 1학기가 마쳐갈 때쯤 멘탈헬스코리아에서 피어스쿨 4기 썸머캠프 멤버를 모집한다고 해서 망설임 없이 지원하게 되었다.

그렇게 합격을 한 후, 또 한 달이라는 시간이 주어졌고, 이번에는 온라인이 아닌 오프라인으로 만났다. 매주 주말마다 성수동에 있는 "딘 어게인 스튜디오"라는 곳으로 가서 모임을 했고, 그렇게 또 다양한 사람들이랑 친해져갔다. 이때도 저번 온라인 때와 같이 다양한 아픔을 가진 사람들이랑 같이 했고, 이로 인해 또 친해져갔다.

그렇게 또 한 달이라는 시간이 지난 8월 6일, 우리 피어스쿨 4기 멤버들은 성수동 딘 어게인 스튜디오에서 피어스페셜리스트 임명장과 상장, 각자의 이름이 적힌 롤링페이퍼를 받았다. 그리하여 총 8명의 멤버들이 정식으로 4기 피어스페셜리스트가 되었다.

비슷한 아픔을 가진 청소년들의 이야기

"초등학교 시절 들어가자마자 학교폭력을 당하기 시작했고, 초3 때부턴 서적 폭력 또한, 함께 당했습니다. 학교폭력 위원회도 개최를 하였죠.. 그 과정에서 지금까지 이어지고 있는 씼을 수 없는 상처를 입었습니다. 그렇게 계속해서 학교폭력과 언어폭력에 시달리다 초등학교를 졸업하고 중학교에 올라가면서 이젠 괴롭힘이 멈출 것이라고 생각했으나 여중으로 진학 후, 방식은 더 교묘해져 은따나 욕, 사이버폭력, 언어폭력 등으로 다양해졌고, 전 다시 한번 담임선생님께 도움을 요청했으나 또 다시 묵살 당했습니다."

- 19살 어느 학생이-

”전 우울증을 가지고 있어요, 아직까지 저의 마음을 이해하지 못하고 감정을 부정해요. 제가 어릴 때 4살 차이 나는 동생이 있는데, 부모님이 다투셨고, 그때 어머니가 울고 계신 걸 봤고, 아버지가 크게 소리치는 것을 봤어요. 그래서 아직까지 누군가가 크게 소리를 지르고, 윽박지르는 것을 듣거나 보면 불안함을 느낀답니다

 매일 밤 혼자 울었어요. 아직까지도 혼자 울기도 해요. 초등학교 6학년 때, 너무너무 힘들어서 오른쪽 허벅지에 처음 자해를 했습니다. 자해라고 표현을 했지만, 힘 풀린 손에 눈썹 칼을 쥐고, 조금 부을 정도로 그었어요. 근데 그게 얼마나 서러운지 물소리에 의지해서 펑펑 울었고, 이렇게 펑펑 울었던 게 되게 오랜만이었던 것 같아요.

중 3 마지막 달, 운동을 그만두고 집에만 있기 시작했습니다. 어찌 괜찮아지는 아직까지 모르겠지만, 전 아직까지 죽음을 생각하기도 합니다. 지금도 자해를 고민하고 있어요.“

-18살 고등학생 김리안-

”저는 학업 스트레스로 인한 트라우마, 학교폭력으로 인한 트라우마를 겪고 있고, 매일 악몽을 꾸고 매일 밤, 매일 아침 공황이 옵니다. 저는 청소년분들한테 억압받으며 살지 말라고 전하고 싶어요.

그게 오히려 트라우마가 되어 나중에 더 큰 고통으로 이어질 수 있으니, 억압에 맞서 싸워달라고 부탁하고 싶어요. 억압과 싸우는 일이 쉬운 일은 아니죠. 그러나 트라우마와 함께하는 삶보다는 나을 거라고 말하고 싶네요.“

-만 16세 창업자 최영화-

"어릴 때 친어머니께 버림받고 친아버지와 새어머니에게 폭력을 당하며 살았습니다. 집에서 가정교육을 제대로 받지 못한 탓에 어릴 때는 어떠한 것이 잘못된 행동인지 몰라 도벽이 생겨 폭력은 더욱 심해져 갔습니다.

그렇게 청소년 쉼터에서 지내다가 퇴소 후, 자립지원금을 받았으나, 그것마저 빼앗기고 부모님 탓에 현재 650만원 가량의 빚으로 채권추심을 당하고 있어 제가 번 돈은 다 신용정보회사 및 채권 추심사와 은행에 뺏기고 있는 상황입니다.

덕분에 PTSD(외상 후 스트레스 장애)로 인한 우울증과 불안장애, ADHD(주의력 결핍 과다 행동장애), 공황장애 등을 겪으며 치료를 받고 있습니다. 현재는 저와 동성인 9살 연상 애인과 연애를 잘 하고 있으나, 어릴 적 아픔과 현재의 상황으로 인해 언제 또 애인에게 버림받을지 모른다는 불안을 가진 상태로 하루하루를 힘겹게 버텨내고, 또 스스로 생명을 끊고 싶다는 생각 안에서 살아가고 있습니다."

-22세 사무원 무너-

인터뷰를 마치며

위와 같은 사연들처럼 정말 많은 청소년들이 다양한 아픔을 겪고 있고, 원인도 정말 다양하다는 걸 알 수 있을 것이다. 이처럼 현재를 살아가고 있는 모든 사람들이 언제나 다양한 아픔을 겪을 수 있다는 걸 알려주고 싶다. 또한, 이번 인터뷰의 내용으로 인해서 다시 한번 어른들이 청소년들에게 도움을 줄 수 있는 방법이 생겨났으면 하는 바람이다.

추천사

마음의 상처를 입은 청소년이 대한민국에서 살아가는 법을 보여주는 책이다. 아픔에 무력하던 한 아이가 아픔을 무력화하기 위해 다양한 시도를 하고, 결국에는 다른 사람들을 돕는 단계까지 나아가게 된 이야기가 책에 담겨있는 것이다. 그리고 어떻게 한 청소년의 아픔이 생겨났고, 또 극복되고 있는지를 보여주는 이 책은 분명 독자에게도, 저자 자신에게도 큰 도움을 줄 수 있는 잠재력을 지녔다고 생각한다. 지쳐 누워버린 사람은 맑은 하늘을 볼 수 있게 되듯, 상처를 입은 사람들이 이 책을 통해 쉬어가며 자신만의 맑은 하늘을 바라볼 수 있길 바란다.

-이 책을 읽은 독자가-

최근 몇 년간 우리 사회에서 자신의 정신건강 여정에 대해 자연스럽게 오픈해도 괜찮은 문화가 형성된 것 같습니다. 그럼에도 불구하고 여전히 이런 청소년들의 목소리가 가치있고 중요한 이유는 대한민국 청소년 정신건강의 현주소는 너무나 참담하고 변화해야할 것이 많기 때문입니다. 이러한 청소년들의 살아있는 목소리와 생생한 경험이 우리 사회에 더 많아져야 합니다. 이 책의 저자인 이재현 리더는 멘탈헬스코리아의 피어스페셜리스트이자 한국의 청소년 정신건강을 옹호하기 위해 목소리를 높이고 있는 activist입니다. 이 책을 통해 이재현 리더가 나눠준 아픔과 회복 여정의 진솔함과 경험을 통한 인사이트가 비슷한 아픔을 겪은 청소년들에게 희망과 용기가 되길 소망합니다.

-멘탈헬스코리아 장은하 부대표-

작가의 말

지금까지 19년이라는 짧은 생을 살았지만, 나한테는 되게 다양한 사건들이 있었던 19년이었다. 이 책을 쓰면서 과연 누가 이 책을 읽어줄까 생각했지만, 그럼에도 나의 아픔을 누군가가 알아줬으면 하는 마음에 이 책을 쓰기 시작했다. 비록 나 자신이 아픔을 겪었을지라도 오히려 다른 사람들에게 도움이 될 수 있을테니 여러분들도 한 번 도전해보길 바란다. 정말 힘들다면 안 밝혀도 되지만 말이다, 만약 여러분들도 힘들 때면 청소년 전화 1388이나 자살예방 상담전화 1393, 정신건강 상담전화 1577-0199로 전화 해보길 권한다.